김병효 제4집 시집

시산도

김병효

강릉.연곡 출생
(사)문학애 시 신인상
(현) 시의전당문인협회.광주광역시문인협회.
한국문인협회 정회원
시의전당문인협회 편집국장
(현) 월간 난과생활 난시 연재 중
시의전당문인협회 작가상
김해일보 신춘문예 최우수상

저서 : 1집 "남색빛 들꽃으로 피다"
      2집 "솜틀집 막내아들"
      3집 "바람꽃"
      4집 "시산도"

김병효 창작시집

시산도

초판 인쇄일 2023년 8월 10일
초판 발행일 2023년 8월 10일

글 · 사진 김병효
펴낸이 장문정
펴낸곳 도서출판 그림책
디자인 이정순 / 정해경
출판등록 제2010-000001
주소 경기도 수원시 영통구 이의동 웰빙타운로 70
연락처 TEL070-4105-8439 (010)2676-9912
E-mail : khbang21@naver.com

김병효 제4집 시집

시산도

김병효

네 번째 시집

시인의 말

언어의 자투리들

여백 속 찢어진 문장의 파편이

딱지로 남아 나를 괴롭힌다

하지만,

시는 내가 살아있다는 살점들이다

그렇게 또 견딘 뒤에 노역의 산물을

위태롭게 툭, 내려놓는다

번민의 조각들을

2023년 7월 여름

김병효 창작시집

시산도

네 번째 시집 시인의 말 …4

1장

낯선 여백

장미…12

고백…13

빨간 요일…14

감꽃…15

그리움을 깁다…16

부추꽃…17

칠불사…18

솟대…19

흔들리는 바람…20

당신은 무엇으로 지나…21

인동초…22

파리한 세월의 뒷모습이…22

무심화無心花 …23

빛바랜 통장…24

풍경風景…25

탁란…26

낯선 여백…27

자국…28

갈색빛 노을…29

능소화…30

블랙홀…31

한 조각…32

그 절정을 탐하다…33

송백정…34

제2장
어느 소묘

부용화 …36
호미 …37
인력시장 …38
무인 책방 …39
팔월, 그해 여름 …40
거룩한 의식…41
스며들다 …42
중독된 고독 …43
공존의 무게…44
어느 소묘…45
천륜 …46
분홍, 그 서러운…47
풍경을 훔치다 …48
그리움도 리필이 되나요…49
마지막 한 조각…50
서툰 약속…51
등고선…52
연緣을 어루만지다…53
고요한 경계…54
하얀 접시꽃…55
고흥, 오일장…56
허공의 무게…57
구절초…58
단청…59
피사체…60

제3장
기억의 조각

환생2…62
진주성…63
대장장이…64

11월…65
통증의 하루…66
허기…67
중산 낙조…68
붉은색 진 고요…69
어제의 기억…70
비문 앞에서…71
파문…72
배내골…73
저편…74
첫 발자국…75
손끝…76
조성역…77
기억의 조각…78
취간림…79
낯선 길에서 나를 만나다…80
겨울잠…81
시인…82
금정산성…83
비 한 줄금 지나가고…84
귀산길…85
느리게 오는 사람…86

제4장
파문의 대칭점

늪…88
물들인다는 것…89
목련꽃은 지다…90
빗소리…91
흔적…92
파문의 대칭점…93
빗소리…94
그대 지지 말아라…95

망막박리…96

블랙 미러…97

청보리…98

봄 피리…99

애기똥풀…100

죽어도 사랑할 사람…101

풋사과…102

비요일…103

오일장…104

마지막 절규…105

검은 눈동자…106

연등…107

내 기다림의 끝은…108

인생의 배후…109

시산도…110

1장

낯선 여백

장미

한낮의 뒤틀린 욕망을 잠재우고
네 속에 내가 죽어 허물 벗고 탈피하는 낯빛이 경이롭다

한 무리 피어오른 저 무욕의 눈빛들

피 토할 듯 깊숙이 파고드는 미련이
너로 남겨진 내가 또 아득히 멀어져 가고
꽃 피고 지는 어느 골목 모서리
스치는 바람 냄새가
조였던 긴장을 풀고 그림자 속에 헐거워진다

꺾이고 으스러진 그 절정
몇 며칠 짧았던 정사
별 하나가 너의 가슴속 절벽으로 뛰어내린다
소리치는 저 핏빛 울음

고백

두근거리는 이 마음
어쩌죠
몰래 보고 말았어요

빨간 요일

창살처럼 쏟아지던 빗줄기가
비릿한 수액으로 발아래 흥건하다

매미 허물처럼 점점 얇아지고 작아지는 어둠
유통기한이 지나는 껍질만의 시간

온전히 다 써버린 어둠은
찢어진 시간을 꿰매어
목숨 보다 질긴 허물들을 적막 속으로 밀봉시킨다

양각의 주름만 새겨진 어둠의 통로
가난도 궁핍함도 삭제되는 시간
유언처럼 몇 줄의 바코드가 희부옇게 꽃잎에 진다

감꽃

꼭꼭 움켜지다 놓아버린 설익다만 시든 껍질의 최후, 바람은 난간에 몸을
맡긴 꼭지마다
한 줌의 생각들을 내려놓는다
시름을 엮던 초 여름
함몰된 슬픔의 절벽, 한 여인의 쪼그라든 세월이 감태만 큼 쓰다
달콤하게 빨아먹던 좀 벌레들은 다 어디로 사라졌을까
그 아픔조차 말간 웃음으로 곱씹어
난간 뒤, 허물어지는 시간
바스러질 듯 무표정한 한 생이
툭 떨어진다
눈물겹도록 끝내 이름조차 남기지 못한 채

온기 잃은 허무의 종말이 먼지보다 가볍다

그리움을 깁다

봉인된 새벽 공간

뽀얀 연기 한 올 한 올 올라
비로소 한 줄기 빛이 내리는 그곳에
낮게 등 굽은 집 하나 있다

어두운 세간살이처럼 기울어가는
담장
한 세월, 뻐꾸기 소리가 허공을 조율하던 곳

가뭇 가뭇 거리다 사라지는
저 바람 곁에
또 하나의 흔적으로 되살아나는 당신

빈자리
간간이 넓어지는 그리움

어스름 속으로 눈시울 붉어지면
다가설 듯 이내 멀어지는 먼 먼,
골 깊은 눈물의 알갱이들
차마 하지 못했던 말 한마디
가슴 끝 저미는 긴 한숨 비워내고
남겨져 살아가는 슬픈 궤적

허공
허공 속 피안의 하늘
멍하나 덩그러니 새겨져 있다

부추꽃

내밀한 살빛이 붉디붉다
더 붉어질 일 없어
목마른 씨앗은 땅바닥에 납작 엎드려 공염불을 읊는다

어스름 녘
하얀 질감의 유혹
파리한 꽃들은 풀물처럼 까만 꽃대에 기대어 스르르 눈을 감는다

한 무리 지나간 자리 너 하나로 건너온 세월,
당신이었기에 복받쳤던 설움 하얗게 쏟아내고
미처 챙기지 못한 미련 두고
나는 어느 모서리에서 서성대고 있다

그리운 이
부디 잘 가시라

살다 살다가
어느 날 한 잎 꽃마저 지면
당신의 꽃 빛, 별빛 되었다고

칠불사

산 아래 부는 바람 타고
굽이굽이 녹물로 스며드는 산길

지리산 처마 밑 돌계단에 앉아
파르스름한 버드나무 빛을 바라봅니다

휘도는 풍경소리
몸 낮추고 백 번을 놓아두라고
댕그랑댕그랑

문틈 사이, 조금은 보일 듯
향내 가득한 기둥에 기대어
그 냄새 보듬어봅니다

꽃살문 넘어
불쑥 다녀간 것이
당신만이 아니라서

그리운 날 봄이 간다고
작약꽃 한창입니다

저만치 나직이
빛과 어둠의 경계에서 초하루
그대,
아니 오신듯 다녀갑니다

솟대

날아온 길
끝없이 기억을 삭제하고

또 다른 비상을 향해
나무로 오른다

삼켜버린 한세상 가득하여
속 깊이 세우는 오후

흔들리는 바람

억수로 비 쏟아지더라

여물지 못한 돌탑이 와르르 빗물에 무너진다

빗속을 걷다 걷다가
문득,
다시 돌아와 돌 하나 얹힌다

가슴마디마다 박혀 피던 꽃

낮게 얹어 두었던 아득한 경계에서
행여, 기억 하나 비워낸 적 없는

저만치 물기 머금은 까치수염이 피고 여름 볕 깊어 간다

풍경 먼발치

당신은 무엇으로 지나

그대가 남기고 간 먹빛 흔적이 채우지 못한 시선으로 지워져 가는
분주히 질주하는 불빛들은
결핍된 채 지상 아득히 멀어져 간다

잊혀간 사랑의 조각들
풍경 아래 멀어져 가고 헐거워진 긴 그림자만
어느 모서리에서 어둠을 배웅한다

지난한 내 하루가
빛 그늘 되어 외롭다
가슴 깊이 꼬깃꼬깃 접어둔 단 하나의 사랑

한 시절, 연기 한 올로 오르고
아직 서투른 그리움으로
몇 겹의 꽃은 지고 한 그루 나무는 녹슨 열쇠처럼 오롯이 거기에
서 있다

인동초

파리한 세월의 뒷모습이
또 한 번 업보처럼 지나

저 고요 속 새벽은 영혼을 잠재우듯
슬픔도 연민도 마른 뼛속에 젖어 들고

한낮 우는 산 꿩 소리가
메마른 허공처럼 뜨거워
그렇게 여러 날
모란이 지고
파란 수국마저 한 시절
저버리고 나면
그대 서러운 생각도 꽃잎처럼 질까요

차마, 그 말 한마디
긴긴 여름날 손금 위에 스며드는

하얀 꽃물 노랗게 지는

무심화 無心花

바람의 알갱이들이
초록을 훑고 되새김질하는 늪에 연분홍빛 꽃물이 오른다

묵언의 새벽
어둠 삼킨 날카로운 눈빛
미풍도 소리 없이 잦아든 또 다른 세상

머물다
오르는 여린 기억들이

허기진 마음을 움켜쥔 채
하이얀 살갗 벗기며 피어난
한 송이 육화

빛바랜 통장

화염같이 한 생을 깁다 빛바랜 옷깃처럼 여미다간 여인
구억 만 리 머나먼 시간
말간 그 모습이 별빛 되어 비문에 박혀있다
책장 속,
당신이 남겨놓은 바랜 잔고가
통장 깊이 새겨놓은 까닭은
이승의 못다 한 미련일까
포개진 그 어디쯤
하얀 여백에 새겨진 천형 같은
흔적
그 눈물이 서 말이다

풍경 風景

동편 하늘이 부연해질 즈음 풋잠에서 막 깨어난 파아란 수국
간밤 성급히 한 뼘씩 자란 옥수수가 잿빛 하늘가에 가득합니다

기다란 논 섬
솜솜이 이슬방울이 맺혀있는 아침
하얀 망초 무리 지어 결결이 흔들리는
허공 어디쯤, 사라지는 인동초 향기
오롯이 마음 무너집니다

저 작고 여린 과실들이 유순해지는 참 좋은 계절
곳곳이 이쁘기만 하여 지천이 온통 눈부십니다
꿈같은 짧았던 그곳에서 서성대다
집으로 돌아옵니다

꿈꾸듯 저 아름다운 풍광에
여름꽃 한창입니다

탁란

눈 꾹 감고 외면해 보지만

잇댄 능선 녹록(綠綠) 깊어
저만치 앞서간 바람, 온 풍경만 흔드는데

깃 떠난 네 소리 멀어질까
능소화 홀로 외롭다

긴긴 해 다 가도록 애끓는
그 울음

산, 언덕 어디쯤 눈물만 삼키는
가라고 어서 가라고 설움만 삼키는
마른 가슴 바싹 타는
뻐꾹뻐꾹 뻐꾹새야

낯선 여백

모서리에 여린 죽순이 오른다

흘러놓은
뻐꾹새 울음소리,
허기진 뒤꿈치가 버릇처럼 발길을 재촉한다

허리 굽은 노송
돌탑에 기댄 기척 하나가
소리 없이 다가와 사라지고

요요한 적막 속
산 그림자가 빛 멍울 가득 묻고

눈물처럼 번지는 무량한 풍경이
풀리지 않은 암호처럼 붉다

뒤척이는 회색빛 능선

허공에 허공에서
하루, 만 번 태어나고 만 번 죽는
거기에 내가 서 있다

자국

몸 펴기 위해 얼마나 힘들었나

박히고
구부러졌던 수많은 세월
제 몸 하나 올곧게 박히려고 생살도
마다하지 않고 참아야 했던 60여 년 조각의 시간

또 얼마나 맞으며 견디어야
가장 아름다운 뿌리를 내릴 수 있을까
그렇게 녹슬어가는
뼈에 뼈를 덧대어 온전히 박혀있는
육신
이미 고통 잊은 지 오래다

결코 돌아설 수 없는 견고히 견딘 붉게 밑줄 친 흔적 하나

갈색빛 노을

심장이 뛰지 않는다
이 골목에서 당신의 인생처럼 늙어버린
큰 날숨이 툭 떨어지는 소리
밀고 당겨 보지만 서서히 식어가는 네발 오토바이

헐거워진 관절이 모여드는
빛바랜 독거노인들

먹구름이 짙게 깔린 팔각정에 유행가가 쏟아지면 서너 병 막걸리가
바랜 이승의 입술을 핥아
또 한 번의 홍도가 눈물짓는다

활어위판장 표지판에 끙끙대며 오르는 나팔꽃, 앞니 빠진 세월
불그레한 봄날에 봄날은 간다
두둥실 허리춤 끝으로
한 곡조 허공에 내 영혼 날려보내면
지워진 기억 조금은 되살아날까

오감의 촉수마저 저물어가는
그렇게 버려지는 세상 끝으로 꺾이어
주름진 허기를 버리고 있다

능소화

그 절정에서

필적의 흔적을 지운다

저,

죽음마저 뜨거운

블랙홀

네 안에 DNA는 부드럽고 고요하다

끝물의 빛들이 숨어드는 곳
죽어야만 살아나는 저 은밀함을 움켜쥔 등골이 부풀어
생명의 지느러미가 꿈틀거리고
비릿한 하루를 기록하는 저녁 빛,
다 쏟아내야 끝나는 가파른 절벽
아래
때때로,
서툴게 응고되는 동안 고요는 무거워
시간과 거리 사이
범접 못한 천 리 먼 길 적도 어느 경계에서
응축된 수많은 의문의 화석으로 박힌다
몇천 년 시간이 비밀의 통로를 찾는
조각난 분자들
빛조차 유린당하는 일인칭의
독백처럼
너를 찾아 나서는 도시,
억겁의 시간 앞에 너 하나로 붉다

한 조각

아직, 못다 한 말 남아서
허공 어디쯤 물기처럼 붉기만 합니다
간택된 서로의 운명은 풀지 못한 그 하나가
모서리 반쪽에 위태롭게 걸려 있습니다

미처 꺼내지 못한 약속이 점점이 얇아져
바스러지는 매미의 껍질처럼
움켜쥘 수 없는 바랜 시간으로
와르르 무너지던 날
간절히 매달렸던 애틋함을 조금은 아시는지요

간밤 또 한차례 폭우가 지나가고
백일을 핀다는 백일홍도 붉게 스미다 지나가겠죠

천둥 속에서도 간절했을 풍경이
한 장 한 장씩 넘기며 지나갑니다

주름져 가는
절반의 기억을 지우며 돌아서는
하얀 독백 한 조각
사랑은 늘 행성의 먼지처럼 건조했습니다

그 절정을 탐하다

한때 일용할 양식으로 올려졌던 달걀,
홀로 견뎌온 청계닭은 어디로 사라졌을까

소리 없이 떠나간 저것,
되돌아오지 않는 울음소리는
멀기만 해
질경이처럼 질기게 견뎌온 그곳은 적막뿐입니다
고와서 더 서러운

억수같이 비 내리고 반쯤 고인 연못가에는
떨어지는 꽃잎만 그지없어
천천히 바라보는
홍련의 절정은 물그림자마저도 붉기만 합니다

우리가 잠시 머물렀던 시간 속에
나 이제 홀로 서성이고
한 줌 두고 간 시간도 고요히 흐를 뿐입니다
그렇게 잊혀가는

떠나간 저것,

꽃잎 떨어지는 이곳

송백정

신전처럼 우뚝 솟은 억불산 아래
세월의 무게를 칭칭 옭아맨 채 이백 년을 짓누르면서
백일동안 뜨겁게 꽃을 피운다

질기도록 참아낸 고통은 얼마나 아름다운가

비밀스러운 문이 열리고
허공에 꽃잎이 꽃잎을 흔들어 허기 가득한 여백을 채워놓는 시간
한 줌의 햇살이 인연 줄처럼 등 뒤에 안긴다

새들이 오르고
빛과 바람이 스칠 때마다
기억을 지워가듯
연못가에 화르르 꽃잎 떨어져
마름 사이 꽃물이 번진다

한낮 여름 햇살 뜨거워 지칠 줄 모르고 부풀어 오르는 벼

헐어서 거두어야 할 시간
뒤돌아 다가서는 그림자가
멀어질 듯 사라지는
그해 여름,
고향 같은 저 빛깔 그 향기에 배어들고 나는 그곳에 오래 서 있다

잔혹한 붉은 흔적처럼

제2장

어느 소묘

부용화

속살 감춘 저 기왓장 너머로 파문처럼 번져가는
연분홍빛 꽃물이 한여름을 훔치듯

한 사람으로
기울어지는 생각들이
점점이 차진 알갱이로 박혀 빠져들던 그 그리움이
수양 버드나무 가지에 촘촘히 별처럼 매달려 바람에 흔들립니다

풍경이 불어오던 그늘진
어디쯤

당신은 긴 그림자로
나는 속 깊은 떨림으로
사랑도 그렇게 다가서고

우리가 잠시 머물렀던
우주 속 눈먼 찬미도 눈물겹도록 아름다운 부용꽃 속으로 저뭅니다

내 생애 심장 한복판 모닥불처럼 밝혀주던 가장 눈부셨던 나비 한 마리
달 저만치

명치끝에 걸린 어여쁜 이는,

호미

죽창처럼 앙칼지던 곧은 성깔도 이미 사라진 지 오래다

평생은 척추를 휘어 불꽃처럼 파헤치다 굳어버린 몸
가늘고 날렵했던 허리는 흙 바람에 요리조리 흔들리다
펑퍼짐 해저
뭉툭해진 등껍질엔 녹슨 검버섯만 천근이다

엘비라 마디간이 울려 퍼지는
팔월 한가운데
속내 풀어놓은 마음 한 조각

멍든 가슴

늦바람처럼 오르는 잡초에 온몸 진액마저 녹아내려
앙상한 뼈마디, 이젠 떨어질 살점도 없어

여린 초사흘이 조물조물 여물고
온기 찾아 뒤척이는 은밀한 기쁨마저도
마지막 준비하는 이승의 고행을
내려놓으라
다 내려놓으라

뒷걸음질만, 못내 돌아서지 못하는 거룩한 성자의 한 생이 적멸인 듯 고
요하다

인력시장

허기 찾는 발걸음 소리

부연 어둠 속 천근의 눈을 비비며 품을 팔기 위해 모여드는 풀벌레 우는
곳

어떤 이의 눈물이고
어떤 이의 생채기 같은 옹이가 박혀있는
세월의 풍상風霜*을 맞는 동안
얇아져 가는 소맷자락은 언제나 고독하다

살아 있는 동안 긴장을 놓지 못했던
잡풀 더미 속
살갗의 이는 바람이 시린 속을 달래준다

빈 종이컵이 모래사장에 나뒹군다

팔려나가는 팔려나가지 못한
보폭 사이, 그곳은 언제나 시퍼런 바닷물이 출렁인다

배고픈 마지막 일터

누구인가?
밟히고 밟힌 굴곡진 골목길
한 사람 한 사람이 어디론가 사라지고

누구의 그림자도 없는 누군가가 숨소리를 들려놓는다

*풍상風霜
  - 많이 겪은 세상의 고난이나 고통.

무인 책방

황막한 광야를 누비던 짐승은
평생 밧줄에 묶여 아프리카 초목을 그리워하다
끝내 눈을 감는다

영혼마저 사라진 커다란 가마 속,
쓰리고 아린 거친 살점이 흐물흐물 허물어진다

그 누구인가 혁명처럼 써 내려간 젊은 날의 시도 배고픔이었고
고달픔이었다

산 자만이 누릴 수 있는 빛의 촉감
생의 피사체를 찾아 나서는 한 남자

한 점 어둠이 끝나고 빛의 발원이 시작되는 곳
어떤 이의 인생 이야기가 바랜 간판 속에 새겨져 있는 무인 책방,

기억조차 되새김질하여 우려지는
골목길

시간 속 천천히 무엇으로 붙잡고 있는
어떤 이의 뿌리였고
어떤 이의 숨소리였던

흠칫, 누군가 시집 속으로 발을 들여놓는다

팔월, 그해 여름

며칠의 외침을 위해
암흑 속 땅거죽 핥으며 빈 허기
삭혀낸 그 내력

칠 년을 꾹 움켜쥔 채 제 몸 낮추어 주름져가는 칠 일의 비밀
산 그림자 무심히 내려앉는 오후
참깨꽃 하얗게 지고 있습니다

온통 푸르른

그림자 까맣게 접힌 모서리에서 그리운 이
그 이름 살짝 꺼내어 보는
뜨거운 계절이 지나는 중입니다

거룩한 의식

죽어서도 웃어야만 환대 받는
어느 고사상에 입안 가득 파랗고 누런색이 가득하다

불현듯 죽음으로 시작되는 날
낯선 곳에 태어나
어떤 죽음은 확탕지옥으로 빠져들고
어떤 죽음은 선량한 눈웃음 하나로 거룩한 주인공이 된다

기막힌 운명,
웃음으로 들켜버린 속내

점 하나로 황홀했던 이 세상 나의 노래 끝나고
내 생애 이름 석 자 아름다웠다고

죽어서 다시 태어나는 문장처럼
한 편의 거룩한 시를 올리기까지
나는 지금 벼랑 끝, 차가운 이슬로 꽃잎을 받아내고 있다

스며들다

꼭짓점과 꼭짓점 사이

아직 여물지 못한 달은 팽창을 멈추지 않은 채 달아오르고
허기진 억센 세월은 눈자위 진물 되어 진하게 배어난다

먹빛 하늘이 시리도록 지나는 여름날
질척한 흑갈색 밭에 발자국이 선명하다
쇠락한 꽃잎은 불에 탄 오징어처럼 오그라져

붉었던 지난 시절 그 이름조차 부르지 못하고
유폐로 옹이처럼 박혀 긴 세월을 지나고 있다

달무리 진 타향살이 섧기도 해서
내 기록의 하류는 어느 난간 경계에 아슬하게 걸려 꽃을 떨군다

구구구
비둘기 울음 저리도 슬퍼
모진 세월 잔상으로 퇴적되는
누천 번 그림자만 몸 안 가득 스미듯 들어와

잔물결처럼 나는 다시 부푼다

중독된 고독

뜨거움은 어디서 시작되는 걸까?

멀리서 바라본 당신
심장이 고요히 떨려 요동쳐
오르는

더 이상 뜨거움은 없다고
마른 눈물 삼키며 용케도 버텼던

떨리듯, 순간이 덫이라면 사랑은 언제까지 깁어야 할까?

독방처럼 갇힌 깊은 곳에
움트는 저 붉은 육화

몹쓸, 요
뜨거운 심장이 문제다

또다시 아찔한 허공에 당신과
나의 거리

공존의 무게

그림자 저편,

비집고 들어선 반투명의 몽환
한참, 붉었던 이야기였던가요

겹겹이 토해내던 여러 날
당신 아래 머뭇거리다
여물지 못한 채 마음만 울컥 떨어져

호사였나요

사나흘 더 아파도 좋을
눈 아픈 사랑,
내게 사랑은 저 혼자 붉다
사라지는 걸까요

당신과 나 사이
허락의 무게는 몇 도나 될까요
그렇게 발효되지 않은 채
자꾸만 허물어지는

당신은 멀어

어느 소묘

수백 년쯤 족적을 묻은 수양 버드나무는
무슨 생각으로 휘청일까

녹물 가득 부푸는 파장은
격렬하게 가시연으로 되살아나는 시간
비릿한 지느러미가 편액에 꿈틀거린다

그림자 한낮, 각진 돌기둥 뒤
화장을 고치는 어느 꽃대궁
초입 가을 배롱나무,
늦바람처럼 붉게 번지는 오후 2시 20분
어느 끄트머리 여린 자줏빛 풀꽃 사이

꼬리 잘린 바람이 입안 모서리를 지난다

천륜

접혔던 고요가 퍼지는 새벽
침묵 안에서 푸른 시간들이 파문처럼 흩어진다

디딜 틈 없는 오일장
심장소리가 기웃기웃 빈 공간을 찾는
노인과 장애인 아들 사이 홍건히 물기가 스며든다

저 머나먼 곳
바다를 키우던 도다리가 울컥울컥 파도를 게워내고
잠시 후 좌판대 위 침묵하는 생선들

오후가 햇살에 돌돌 말리고
파장을 기다리는 아들
질펀했던 목 젖에 정맥이 감돌고
비릿한 낮달이 고무 다라에 무너질 즘

찐한 분신 같은
보이지 않은 끈 하나가 짙게 밑줄을 긋는다

분홍, 그 서러운

무슨 사연일까

파리한 손끝에 머무는 그 경계는 채울수록 무겁게 다가선다

바람 없이 이는 번뇌,
이별은 쓴 물 토하듯 눈물 없이 운다

움켜쥘 수 없는 못다 한 목멤은
향내 가득 차 오르고

훔쳐보듯,
당신은 저 먼 시간 밖에 있어 허물어지듯 그 인연 멀어

누구였던가
간절히 애타게 자문하듯 묻는 저
꽃향기는

풍경을 훔치다

격렬하게 소용돌이치는 저 감정의 늪에
구월이 쏘아 올린 허공에 학鶴이 오르고
버드나무 우듬지 곁에 매미 한 마리 몸을 턴다

여 여히 흐르는 갯가
하늘 냄새가 물씬 풍겨오는
종일토록,
갈대밭에 꼬박 하루 다 보내고
무심히 어둠만 기다렸는지도 몰라
갯골 수로에 스며드는 노을 주워 담아 서둘러 돌아오는 길
저만치,
어둠과 나의 행간 사이 보름달이 절창이다

저 먼 먼 30리 갈대숲에 은은하게 포개지는 성당 종소리
그 미궁 속으로 내가 빠져들고 있다

그리움도 리필이 되나요

사랑도 끔찍한 형벌 같아서
굴곡진 아픔 애써 참으며 젖던 시간

서쪽 하늘 밑,
그대와 함께 우는 한 사람

오랫동안 꿈속이냐, 여린 모습 보던 순간

그 사람은 아득히 멀리 있어
변명조차 끝내 외면한 채

당신과 나의 거리만큼,

잔인한 시간 저 경계에서 얼마나 아파야 얼룩진 그리움도 지워질까

수천 번 무너지고 다시 쌓고

마지막 한 조각

시간의 무게에 억눌러 발갛게 달아오른 발톱 사이

한 무리 야수로
군림하던 제왕은 고요를 훔친다

거칠고 굵은 두 발
한 생애가 비수처럼 스치고
죽은 자는 죽고
산자는 사는
풀지 못한 초원의 미스터리가 언제나 낯설다

미친 듯이 기어오르는
악어 한 마리가 늪을 뒤척인다

제왕의 포효咆哮하는 거친 숨소리가 노여움 앞에 덧없다

아픔이 식어가는 시간
영혼을 흔드는 바람 소리가 곪아 터진 아픔을 토해내며

마지막 한 방울 눈물이 어둠을 끌고 간다

서툰 약속

차마 범 할 수 없는 줄 알면서도
용기 내어 전화를 걸었습니다

그대는 부재중

창밖 저 먼 시간,
메마른 갈증 속에 서 있는 나

괜스레,
풀벌레 소리에 화풀이만 합니다

등고선

흔들리는 수초는 그 깊이를 다 보여주지 않는다

세상 지독한 독백처럼 어두운 무게를 딛고 일어서는
노모와 돌보미 두 여인은
난해한 그 경계에서 하루를 열고 지운다
오싹 움츠려 마지막 생명을 연명하는
팔순의 노모는 화장실에 가기 전 바지에 일을 저질렀다
문을 여는 순간 냄새가 진동한다
여인은 언제나 묵묵히 그 감내를 받아낸다
늘 그랬듯이 종잇장같이 굽어버린 몸을 깨끗이 씻기고
뽀송한 수건으로 거친 등지느러미를 토닥이며
오래오래 사셔야 돼요?
묻지도 않은 빈말을 건네며 돌아서는 여인의 눈가에는
금세 울컥 눈물이 고인다
몇 번의 등고선을 지나 하루 발자국을 지워내는 시간
어둠이 깔리는 신우대에 참새가 요란스럽다
싸늘한 이목으로 문득 노모의 말을 떠올린다

죽어도 요양원은 못가

연緣을 어루만지다

참으로 곤궁한 삶이었을까?

오일장 모퉁이에 깡마른 체구,
중절모를 쓴 중년이 커다란 배낭 속에서 강아지 5마리를 내려놓는다
자전거 따라 달려온 어미 개가 숨 돌릴 틈도 없이
팔려 갈 새끼들에게 잠시도 눈을 떼지 못한다
오뉴월 땡볕은 슬픔조차 돌돌 말리고
고단히 숨 고르는 어미
칭얼 대는 새끼에게 활처럼 몸을 휘어 마지막 삐쩍 마른 젖을 물린다
한나절 지날 무렵
네 발 수레를 끌고 온 할머니가 힐금힐금 곁눈질을 하다 다가와 흥정이
시작된다
얼마냐고 묻자 "삼만 원만 주시오" 그러자 할머니가 만 원에 팔라고 떼를
쓰는데
주인장 왈,
세상에 강아지가 담배 한 갑도 못 하냐고 버럭 성질을 낸다
결국 실랑이 끝에 한 마리가 만 원에 팔려나간다
가지 않으려는 간절함과
떠밀려가는 긴장 사이 굵힌 울음이 번진다
허한 빈자리, 어미의 눈물이 애절하다
어느새 시간은 물 흐르듯 빠져나가고
망초꽃 희끗희끗한 어둠 속 네 마리가 배낭 속으로 사라진다

고요한 경계

어느 한 기억이 주름져 미라처럼 멈춰버린 시간

풀벌레 오르고
잠들다 선잠 깬 창가에 어둠 짙어

밝음과 어둠의 경계에서

뜰 아래 작은 달그림자 보듬는 마른 풀처럼
계절 안쪽, 깊숙이 말라져 가는

수심마저 깊어지는 시간
당신의 풍경, 점점이 부풀어 올라
길을 나섭니다

저무게 사이
이쪽에서 저쪽으로

하얀 접시꽃

저녁이 끌고 오는 거룩한 발자국 소리는
삶의 촉수에 낱낱이 새겨져 있다

오늘 하루 분주하던 날갯짓은 어둠에 기댄 채
허공 저쯤 뽀얗게 쏟아놓고

미련으로 차마 놓지 못한 것들
품어 안은 침묵만큼이나 작아지는
빌딩 숲

이 어설픈 몸짓에
한 계절이 지나가고

선명해지려는 그림자마저 홀연히 깊어지면
비로소 꽃은 햇살 한 줌 내려놓는다

거미줄 저쯤, 발화되는 눈물의 부화
간절해서 간절한

고흥, 오일장

밀물이 밀고 온 새벽시장은 언제나 푸른 파도가 요동쳐
어둠이 걷힐 때면
바다를 이고 온 아낙네의 질펀한 목소리가 절창이다

용왕을 섬기던 황금비늘이 여러 개의 대야 속에 출렁이며 포구를 적신다

저 팔딱팔딱 튀는 것 좀 보소!

가을 전어가 하얀 거품으로 되살아나는 시간

갑오징어 한 마리 물총을 쏘면서
흥정이 시작된다
서로의 희비 속에 밝게 번지는 눈웃음
그 풍경이 풍요롭다

낮달이 지칠 무렵
거나하게 부풀린 꼬리의 파장이 수평선을 긋는다

뜨겁게 외치던 갈매기 소리

짭조름하게 소금 간 밴 길바닥에
썰물처럼 바닷물이 시장 골목길을 빠져나간다

파장이 탈피한 어스름한 저녁 무렵
거대한 고래 한 마리가 우주 속으로 사라진다

허공의 무게

꽃술, 이울던 자리

환하게 물들어 가는 골짜기마다 가을빛, 앳된 볼 마냥 볼그레 물든다

달 차고 기우는 밤
기어이 툭, 떨어지는

속내 들킨 비밀들

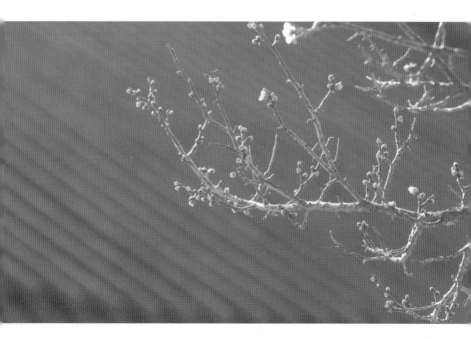

구절초

한 사람,
아홉 마디 옹이처럼 박혀
저 바람의 허공에 뒤밟는
벼랑 끝에 걸려 있는 하얀 그림자
하나

단청

섣달 스무 아흐레, 저 조용한
추녀 끝

꿈꾸기라도 하듯
이슬처럼 견디온 시간 속에서
꽃이 피어있다

때론 가볍게
때론 무겁게

번뇌 끝에 서서
풍경소리에 깨어난다

아찔한 처마를 끌고

피사체

빛이 지나간 자리
사선에 걸린 긴장감은 어디서 오는 걸까

프레임에 걸려든 구절초
항아리 속 빛을 핥는 그림자

소리 없이 시들며 성숙해지는 것은
얼마나 아름다운 일인가

왈칵, 목메며 차오르는
그 무엇

결코 무너지지 않는 틈, 암각 속 빛이 경이롭다

제3장

기억의 조각

환생2

그림자도 그늘도 서슬에 허물어지는

통증으로 널브러진 옹이 박힌 흉터 하나가
등짝 어디쯤 화석처럼 박혀 맥없이 구겨진다

고뇌 저편,
거친 혈이 죽은 듯 되살아나는 순간

나무는 경전처럼 제 애린 살결을 받아들이고 있다

목메게 말간 빗살 비집는
휩쓸려가는 한 계절, 나이테 속
연혁을 감추며

진주성

웅크린 틈 사이, 허기진 바람 한 줄기가 바랜 풍경을 훑고 지나간다

촘촘히 쌓인 날들
발치에 뒹구는 시간의 태엽이 저편 어디쯤
식어버린 기억을 지워내는 중이다

빛을 초대한 공간

천년의 허기 달래던 녹슨 무게는
균열 속 통증을 뱉어내며 까맣게 타던 속울음마저 지워낸다

해, 달, 별이 지고
그렇게 세월이 가고
얼마나 오랜 세월 견뎌왔던가

햇살에 바람 한 줌

퍼즐 조각 같은 저쯤
아직도 꿈은 있다고 담쟁이 몸짓이 뜨겁다

대장장이

내려앉는 어깨의 고단함은
성채의 빛이 소멸될 때까지 한 평생 달구고 두드리는 장인이 건
필생의 사투다

거칠어진 손
마디마다 옹이로 박혀 모질게 견디온 야윈 손

탁한 생각을 두드려
마침내 한 송이 꽃으로 환생시키는 순간
천근의 어깨를 내려놓는다

몸 하나 밑천인
그림자 하나로 새겨진 흔적들
독백처럼 한 평생 풀무질을 하며 여기까지 왔을 것이다

두드려야만 살아남는 손끝
아직 못다 한 야릇한 불 맛으로
제 몸 깨어나는 저 쇳덩어리

11월

뜨겁게 달구던 노동의 시간
무서리 덮인 채
미처 꽃피우지 못한 몽우리

까치밥 붉어
속살마저 핏빛 되어 속 태우던
뒷모습이 낯선 바람에 매달려 토해내는 그 사연 뜨겁다

가라앉지 못한 말들은 시선 어디쯤 점점이 빠져들어

햇살도 바랜 채
곡진히 곱씹어 한철 지나는
너는 시침 나는 초침 위에 하얗게 흐릿해지는

통증의 하루

순간의 셔터가 떨구고 간 흔적
요만큼 한 고요가 저녁 어스름 렌즈에 스민다

처음 그대 이름 부르던 그
떨림처럼
날 세운 잔기침은 필름에 감기어
모서리 저만치 말간 알약 하나로 후광을 포착해 내고 있다

초겨울

찬 서리가 심도 깊이 각을 세우고
쓸쓸히 굴러다니는 낙엽의 빛깔이 조리개 F5.6 고정되는 순간
질긴 통증은 빠른 셔터로 어둠 속으로 내려앉는다

때론 굳건히 서기 위해 삼각대 펼쳐 안간힘 다하고
높은 체온 필터로 낮추어
현기증이 사라지는 순간
우울한 통증이 여백 속 사라진다

지금은 임시 휴업 중

허기

두터운 안개는 늘 고요했습니다

계절이 지나는 골목길에는
지키지 못한 약속 하나가
목젖에 걸린
가시처럼 박혀있습니다

눈길조차 외면당한 낮달은
서쪽 하늘 먹구름에 가린 채 아득하기만 합니다

아슬 아슬하게 걸려있는 하루
헤진 구두 꿰맨 흔적같이 마음 한구석이 생소한 시간 위에 파닥거리고

나는 흥건히 가슴 씻어줄 그 무엇이 필요해
그날 그 떨림처럼 붉게 환해지려고 애를 썼는지도 모릅니다

보고 싶은 마음에 또 쳐다보는
문자 메시지
그리운 그대
눈부시도록 아름다운 날 많았던
먼 훗날 당신과 나 사이
말간 미소로 가득했으면 좋겠습니다

해 짧아 기다림만 무성한 날
가만히 숨죽여

중산 낙조

데인 듯 선명해지는
반영의 수평선

붉디붉다
붉게 아득해지는
섬 섬의 음각

노을도 그리움 되어
현기증 다 닿도록
부풀어 터집니다

차마 떨치지 못한 풍경
사위다
날 저무는데

붉은색 진 고요

그 떨림 같은 빛깔로
마음마저 붉어
당신이 불러주던 "회상"

새벽잠 깨어
한 생 넘는 궁굼했던 마음에
당신으로 환해지고

먼 산,
등 굽은 달 부드러워지면
당신의 향한 내 마음도 금세 둥글어져 붉게 물든다

우수수 꽃지고 잎 지는
헐었던 상처들도 찬서리에 반짝이고
제 가슴으로 이별도 받아들인다

또 한해 다 내려놓고 가는
남겨진 자리자리마다
붉은 계절, 그대
부디 아프지 마소서

어제의 기억

긴 밤
어제의 기억을 더듬는다
그 사람만 생각했다

비문 앞에서

종이컵에 소주를 따르고
물티슈로 비문에 새겨진 아버지, 어머니 얼굴을 닦아드렸습니다
햇살 내리는 곳
한참이나
아무 말 못 하고 비석만 꼭 안은 채
당신의 기억과 내 삶을 포개어 울고
막내야! 부를 것만 같아
애써 먼 하늘만 바라보다
돌아서던 길
놓지 못한 미련
남겨진 눈물만 가득하여
그렇게 잠시 잠깐 온기 나누던
천 개의 바람이 등을 스치고

그해 겨울
당신과 나의 숨결이 닿던

파문

고요 속 수평으로 번져나가는 투명한 고독은
이별의 버려진 샛 붉은 허기까지도 천천히 받아들인다

한때는 사랑이라는 포장으로 결핍된 욕망을 필사했다면
농락하는 죄도 농락당하며 견디어온
견디며 견뎌내며 살아가는 한 사람

공허의 여백 같은 고요한 강가에
쓰다 버린 의문의 문장 하나 던져 밑줄을 긋는다

버둥거리며 번지는 저 깨진 자투리 습작들
가늠할 수 없는 수면의 경계에
걸려있는 물고기 한 마리가
수평에서 수직으로 오른다

또 하나의 소실점이 미궁을 향해

배내골

4백 년 전 한 무덤에서 발견된 편지

죽은 제 아비에게 쓴
애틋한 사랑 이야기가 고스란히 화면 속 되살아나

햇살 비스듬히 세운 오동나무가 살고
빗살 무늬 돌담 위
붉은 홍시 툭, 떨어지던
별 내리는 밤
홍등 아래
소주잔 주고받으며 시 한수 건졌네

그리움도
달도
반쪽으로 저무는
한 번쯤 마음 놓아 억새처럼 흔들려도 좋을
양산시 원동면 배내로 811-1번지

오래도록 그리워할 그 풍경
사랑하겠네

저편
- 장수 사진을 찍으며

하얀 달빛이 감꽃처럼 이울고

외로웠다고
배고파다고
눈물조차 오랜 세월, 숨죽이며 지켜온 흰 고목

웃으세요
웃으세요
묻지도 않은 말 건네며

다랭이 논처럼 주름진 표정 앞에
아양도 떨어보지만
궁핍한 세월
견디온 표정은 굳어버린 지 오래다

이젠 기억보다 잊는 것이 더 많아
십이월 하늘 아래

모서리 사이, 이빨 빠진 어색한 미소가
조명 빛에 스며든다

첫 발자국

새벽이 깔린 발자국 위에 뿌연 입김이 지나가고
바람이 밀고 간 모호한 경계에 너의 흔적 차갑다

또 사라지고 되살아나는

한 톨의 꿈을 찾아
누군가 동면의 조름 위에 무거운 짐을 이고
첫 기차를 타려고 힘겹게 디딘 은빛이 선명하다

한 발 한 발 숨 위로 성에 낀 눈썹이 부풀어
빛의 부재에서 하얀 꽃잎이
무수히 떨어지고

못다 채운 인연
하염없는 설렘만 훔쳐 간 득량역

성긴 눈발, 갈 길은 먼데
미처 자라지 못한 그리움만
플랫폼을 서성이네

손끝

너의 감촉이 물푸레나무에 찰랑이다
사그라지는 한 계절

꿈꾸는 풍경 위
한 움큼 사연 접었다 펴는

너와 나
아니 보니 가여워
너 하나로 길 들려지는

조성역

겹겹이 겹친 굴곡진 잔주름은 힘든 세상 견뎌온 기록된 산물이다

동안거 속 힘겹게 버터 내는 노쇠한 매화나무가
한 계절 잘도 이겨 내고

안부가 그리운 날
신열 끓는 그 무엇 하나 있어
당신은 노을 어린 득량 개펄에 서성이고

먼저 간 이 흔적조차 없는
저편,
붉게 베인 철길 위
달그림자마저도 내려놓는

아…
절박한 기다림
오롯이 당신만 기다리는 서리꽃 같은 무인역

목쉰 경적소리만 레일을 훑고 지나간다

기억의 조각

어둠이 안개비처럼 스며드는
벌교 터미널

한 폭의 꽃으로 피어나 손 내밀던 너의 온기가
시간의 문틈에서 촉촉이 젖는

애태우다 홀로, 한 잔의 취기가
텅 빈 몸속에 들어와 눕던 밤

미처 어루만지지 못했던 문장이
모서리에 매달려 허물을 벗는다

사랑의 맹세는 낮은 음역으로
삭제돼
돌아오지 않는 계절 속에

흔적도 없는
불러도 대답 없는

질긴 인 연줄 같은
피지 못한 승차권이 빗물에 진다

취간림*

여백을 채우는
봄볕이 가장 먼저 다다른 섬진강

19번 국도,
산들바람 타고 평사리 깊숙이 들어서면
얼음꽃 채 지기 전에 성큼 봄을 알리는 연초록빛 왕버들이 한창이다

섬인 듯, 병풍처럼 펼쳐진 산 아래 울창한 숲은 악양 천마 저 잊게 한다

그 아버지 아버지와 함께 주름져 늙어온 나무들

바람의 곡선 따라 발길 머문
고즈넉한 동정호, 달빛 비친 밤이 내리면
악양의 동정추월이라 아니 말하겠는가

이 어둠 앞
내 어찌 널 다 품을까

그윽한 눈 맞추고
널 보듯 아쉬운 발길 돌아서는
만월 아래 팔경루 누각 홀로
운치를 즐기는데

저 달빛에 여울지는

*취간림 - 경남 하동군 악양면 정동리 소재지에 있으며 숲을 이루고 푸르름을 자랑한다는 뜻

낯선 길에서 나를 만나다

겨울비가 내렸다

저쯤, 버드나무 한 그루가 그리움 마냥 누군가를 기다린다

찬바람이 거세질수록 갈대는 기억을 밀어 올리며
싸 그락 싸 그락 매혹스러운 몸짓으로 다가선다

바람과 비 사이
처절한 생명의 한복판
철새들은 또 다른 계절을 향해 긴 겨울 갈대숲을 찾아들고

저물녘,
숲은 아무렇지 않은 듯 달빛을 토한다

갈대의 물결마저 외면당하는
낯선 난간
무심히 무심한 듯 바라보는 한 사람

저 멀리 갯벌 중도방죽
끝없는 물음표를 던지며
아득히 멀어지는

겨울잠

육십 평생 내 몸 뉠 자리 얻어
내 것이다 싶어
절로 웃음이 나와
한참, 호사하듯 은유를 탐했다
팽팽했던 날들
채워도 건조했던 삶
한 생 건너는 억척이 꽃무릇만큼 붉던
존재의 뒤편
아직 땀 가시지 않은 이사 온
첫날
모서리마저 부드러운
밥상 머리에 앉아
배 터져라 끼니를 채우고
내 생애 가장 긴 잠을 잤다

시인

구석진 자리의 그림자는 어디로 사라졌을까?

저 늪에 쏟리는 빛들의 눈길
파문과 고요 사이
얼어붙은 수초의 몸짓이
차디찬 바람에 깨어나는 시간

누구인가
아찔한 절벽 난간에 매달려
문장을 깁는 자
도무지 잡을 수 없는 언어들

시인의 발자국은
한겨울 소금꽃 같은 것

뜨거운 눈물의 이름

시인,

습작의 자투리에 갇혀
죽을 만큼 사랑하다 이별한다

금정산성

천년의 침묵 위에 아직 움트지 않은 끝자락

거친 세월이 위태위태 박혀있는 헐거워진 성을 따라
나는 낯선 사람처럼 거칠게 숨이 찼네

느릿느릿 나직이

묵묵히 견디어 온 시간 사이로
작은 보폭처럼 봄이 시작되고
한차례 스치고 지나는 바람 따라 능선에 발 디디며
잠시, 산 그늘 허물어진 뒤를 돌아보네

이 세상 어디쯤 홀로 던져져
사랑도 가득 못하던
나 하나 세우기 버거워 쫓기듯 살아온 한 시절,
이제 이곳에 훌훌 털어버리고

나 지금
이월 초 닷새 깃털처럼 가벼이 청산에 오르네
포르르 새처럼 오르네

비 한 줄금 지나가고

족적과 족적이 포개져 가는 사이
꿈의 질량은
쭈그러진 채 껍질만 낯선 허공 위에 낯설게 매달려 있다

강산도 변한다는 10여 년 동안 깊은 속내 감추고
부활을 꿈꾸어 왔던 호미 한 자루

삶의 영토를 찾아 헤매던
지난 찌든 민낯이 불덩이 속에 사라진다

과거는 죽고
미래가 움트는 터, 팥 빛 팥꽃나무가 움을 틔운다

심지 않은 자, 꽃을 볼 수 없듯이
찬바람도 싫지 않은 그늘진 자리에 가슴이 요동쳐 잔물결이 밀려온다

바람이 자라는 푸르른 날
하늘의 높이만큼 꿈꾸어보는
나비 한 마리

나의 터전에서 자유롭다

귀산길

그림자에 놀란 장끼가
겹겹이 주름 박힌 전설을 깨운다

시간과 공간 사이
새소리는 당산나무를 향해
번져가고

겨울에서 봄으로
서서히 기울어지는 담 모서리
몇 포기 그늘을 옮겨심고 봄을 틔우며
에돌다 가는 바람

산담 저만치
그리움 못 이겨 왈칵 눈물 쏟는 할미꽃 한 송이

새봄, 당신 없는 세상
주월산 아래
손때 묻은 장독대만 붉다

느리게 오는 사람

내 몫의 작은 텃밭
이제 숨 터놓을 미각의 공간은 바람마저도 좋다

출생을 선택한 씨앗은 밤비에
목을 축이며
몸을 늘리고 잎을 피울 것이다

17년의 긴 어둠에서 나와
두 시간의 정사, 그 소리마저도
아찔했을
껍질의 비밀

간택된 매 순간 새롭게 태어나고 죽기를 반복하여 태어난
한 편의 시처럼

기다림 끝에 더 긴 기다림이 있다는 것을
육십 평생 넘어서야 알게 되었다

제4장

파문의 대칭점

늪

내 혈관 속 무수히 떠돌던
희망도 절망도
탄생도 소멸도
할퀴고 간 손톱의 자국처럼

겨울과 봄 사이
아직도 차가운 햇살이 목구멍에 밥알처럼 걸려 그 속내를 보이지 않는
오늘을 부유하는 말들이 뿌연 미세 먼지에 끝끝내 입을 열지 못하고
침묵 침묵으로 가라앉는

신열처럼 도지는 독감처럼
은밀히 틔우는 연두
잔털의 촉수만큼이나 어둠 밤
내 안에서 무너지고

어느새 중독에 푹 빠져 남몰래 그 마음 훔쳐보는

물들인다는 것

아슴아슴한 대숲에 바람이 인다

다시 태어나고
또다시 태어나는 새벽안개가
뭉클 번지는 날엔

채워지지 않는 갈증이 몸속 깊숙이 파고들어 시선 어디쯤
낯설지 않은 번뇌가 텅 빈 마음을 쓸어내란다

몸 달아오른 꽃대궁
서적 대는 바람으로 휘는
뭉클하니 물들이는데

내가 볕을 드리워 그대 힘을 돋우고
내 전생 언약의 응답으로 꽃 멍들어
꽃잎 지우며

하여,

나의 곁을 주고 너에게 진다

목련꽃은 지다

어둑어둑 안개 짙은 몇몇 날
일어서려는 노란 바람꽃이 바람에 위태롭다

한차례 소나기가 지나가고
떼 지어 쏟아지는 우박

견딤이
얼음덩어리처럼 무겁기만 하여
온통 그렇게 견뎌야 하는
산다는 게
묵은 달력 떼어내듯 또 지워내며 사는 게지

가장 낮은 곳

오늘이 흠뻑 젖어 꽃차례 누일
허공 아래
바스락 부서지는 허기는
아직 버리지 못한 미련일까

한때 꽃 같았던 진실
살점에 가시로 박혀
이젠 발자국 남기는 일 없고

아주 오랫동안 빗물에 숨죽여
깡그리 버려야 하는
길고 질긴 통증 같은 그 흔적

빗소리

노루귀 등 뒤에 봄 햇살 숨기고
돌아선 봄 길

계절이 머물다 떠난 빈자리마다
애타던 마음도 하나하나씩 내려놓고

푸르른
하늘가 가로질러 동토의 꿈을 찾아가는 날개 아래

가장 가난한 마을은 따뜻한 체온으로
이 지상 가득히 연두를 쏟아붓는다

고아서 더 서러운

아
왈칵, 목메이는
이토록 아름다운 세상

먼먼
한 사람이 그리운 날

흔적

지난밤 못다 핀 무수한 시간을 조율하며 탈피하는 이 하루도
어떤 사람을 만나
당신과 내 생각으로 한 송이 꽃으로 피어날까요

생의 모서리는 늘 잦은 기억으로
가득하여 더 푸르게 키워야 했던 파문들

산다는 것은
뒤엉긴 물들이 어느새 여울을 이루며
굳은 심지로
시린 시간 한소끔 씩
족적 위에 족적을 포개며
십삼 월의 흔적을 남기는 것

파문의 대칭점

썰물이 목덜미를 훔친다

파생마저 생략된
천 개의 잔물결

앙다문 채
한 치의 흔들림 없이

눈물마저도
외면한

쉬이 발설하지 못한
적막 한 편

세상 하나뿐인

건져낼 수 없는 눈썹이
밀물에 잠긴다

빗소리

새벽,
살기 위해 꾸역꾸역 밥알을 밀어 넣는다

사는 것인지
살아가는 것인지

추녀 끝,

떨어지는 빗소리가
무겁다

그대 지지 말아라

동박새가 말하네
그대 낡은 신발에도 봄이 왔다고

끊어질 듯,
이어지는 울음소리가 가득한 동백나무 아래
하염없이 앉아 있다가 일어서네

저 허공의 반경
너는 동백에 세 들어 살고
나는 끝머리 조그만 터에 세 들어 살며

둥그런 마음으로 씨 뿌릴 여유 하나로
생애 그믐인 듯 그림자처럼
저물며 살고 싶네

달려 나오는 숲의 바람 되어
나는 다시 한 알의 씨앗 되어 땅속 깊숙이 부푸네
물가, 달 되어 부푸네

망막박리

분명한 건 예고편이 있었다
주치를 만나고 서둘러 수술을 마치고 돌아오는 길
전생의 진실만 남겨둔 채 떠난 아버지의 봄날도
흐드러졌던 꽃들이 화르르 발아래 수북이 쌓였다

꽃잎 떨군 자리마다 연둣빛 사리 잎들이 선명하게 오르고
봄기운마저 꿈틀거리지도 못한 채
시선 놓친 나는 애잔히 식은 찻잔처럼 헐거워진 몸짓만 분분했다

내 인생 육십 숫자를 훌쩍하게 강타하던 왼쪽 눈동자

힘든 일 도려내고 시든 생각
잘라내며 마음 한 조각 또 깁는 일

충혈된 속눈썹에 야윈 바람이 스칠 때마다
움칠움칠 절여 오는 눈물로 꾹꾹 누르며 달래던 여러 날

이젠, 아픔의 두께만큼 견디며 더 단단히 깡그리 비워내며

그렇게 살아가야 하는
그렇게 살아 내야 하는
내 몫에 삶이 있기에

꽉 막힌 깊은 흑암 속에서
애벌레처럼 새살 빚으며
새로운 해탈을 하고 있다

빗물에 분홍빛 물들어 흥건한
사월 봄날에

블랙 미러

차가운 문을 연다

호명할 수 없는 저 은밀한 곳
동강 난 필름처럼 매달려 신음하는 눈동자
지문 같은 세월의 흔적이 발아래 나뒹군다

밑 그림자조차 보이지 않는
위태로운 순간
목구멍까지 차오르는 숨소리가 목젖을 맨다

움켜쥔 손끝
위태롭게 깊은 잠에 빠져드는 순간
떠오르는 내 어머니 얼굴
아픈 눈이 위로받고 싶은
눈물로 신음하듯 불러보지만, 대답이 없다

속절없이 내려놓은 사십여 분
날 세운 서슬 퍼런 메스가
흑백의 양각에 마침표를 찍는다

절망과 희망 사이
나는 다시,
낙타를 타고 고비사막에 가는 꿈을 꾼다

청보리
- 어떤 할머니의 사연

섧고 서러운 기억에 울컥, 눈물
쏟아내던

더 깊이 박힌 핏빛 멍 자국 하나가
지문처럼 박혀 목울대도 넘지 못하고

천형 같았던 기나긴 세월, 한숨 속 다 지워도
자식 먼저 보내는 일이야말로
세상 가장 섧다는 거 알았지

"환한 달빛은 싫단 깨"
서럽거든

떠난 자식보다 더 서럽게 보이는
야윈 어깨에
뻐꾸기 울음 같은 4월이
서러운지
빈 바람만 주름진 얼굴에 위태로이
걸려있는 열 이래

먼발치, 종종걸음 멀어지는 그 경계에서
제 그림자 하나씩 내려놓고
퇴색되어 가는

봄 피리

후드득 툭
봄밤,
현기증처럼 꽃잎이 진다

짙어 짙어진
청보리

뻐꾸기 꽃 핀다고 울고
쏙독새 꽃 진다고 밤새 울고

그 4월

목 길게 늘인 기별
쫑긋해 보지만

아직도 초록 초록

한 줄기 바람
멀어져만 간다

애기똥풀

추위를 끌어 다시 일어선다

저 보랏대 마냥
마디마다 옹이로 매듭지어
키운 몸집

너의 은밀한 박동 소리에 나의 숨소리도 벅차오른다

낯선 짐승의 냄새처럼 외롭고 쓸쓸한
귀산길 89… 번지

가끔, 사람이 다녀간 뒤
오감은 또 한동안 파닥인다

아직 고만고만 살아온 내가
다시 깨어나 열꽃으로 피고 싶은
아, 내 안의 목마름

애기똥풀이지는 늦은
봄이 한 생을 도려내고 있다

죽어도 사랑할 사람

뜯어진 적삼, 절개선 사이로
한소끔 씩 허기 채우며 견뎌온 당신

막장 같았던 속울음
무거운 긴 세월이 얼마나 두려웠을까요

땀 식은 등줄기에 시린 바람이 지날 때면
한 소쿠리 두엄이고
토할 듯, 산허리에 시선 두고
가쁜 숨 몰아쉬며 오르던 언덕길

움켜쥔 주먹 사이

종일토록 뻐꾸기 울던 날
설핏 보일 듯 만 듯 촉촉이 젖은 눈가
떨어진 꼭짓점이 꽃그늘 속으로 사라졌네

시간이 흘러도 채색되지 않는
단 한 사람
혹여, 나 죽어도
사랑할 나의 아버지입니다

풋사과

사나흘 비바람에 상처 입고 수척해진 꽃 진 자리는 눈물마저 곱다

젖은 시간 속으로 사라지는 하루
채취가 스며들던 자리마다
조롱조롱 매달린 열매에 시선을 탐한다

빽빽한 침엽수 숲 마냥
무거운 세상을 지고 저 하늘 향해 오르는
생명은 숨소리마저 경이롭다

연둣빛만큼이나 부유한 이 계절
조금씩 조금씩
꽃들이 던지고 간 마지막 춤사위
섬세한 몸짓에 달 저편 어둠이 지나간다

티끌만 한 꽃송이에 어느새 물씬 자란
풋사과

여여한 모습이 정겹다

비요일

투두둑 툭,
감잎에 떨어지는 저 무게의 소리
지친 내 육신을 맡겨 놓아도 좋은 시간

생각도 젖고
소리도 젖고

눈물마저도 빗물되어 적어 드는 시간

미처 담지 못한 미련과 추억이 한 움큼씩 새어 나오는
마냥, 꽃 그림으로 아름답게 살고 싶은 이 순간
그렇게 쉼 하고픈 시간

비멍에 젖어 드는
고요하고 또 고요한

당신과 촉촉이 스며들고 싶은
그 속으로

오일장

그 까마득한 세월
엄마 손잡고 오일장 구경 가던 날

이젠 중년이 되어
엄마의 향취를 느끼며 어느 시장 모퉁이에 서성인다

재래식 시장은 억척스러운 사람 냄새가 좋다
투박해서 더 정겨운
어쩌면 에스프레소 보다 믹스커피가 어울리는 난전의 풍경이다

무채색으로 변한 바랜 파라솔이 마치 식은 도시락처럼 애처롭다

정성이 닿지 않으면 생존을 거부하는

그곳

육체적 노동 하나 만으로
비린내를 끌어안고 사는 그곳이야말로
꽃보다 아름다움이 아닐까

마지막 절규

여린 곡선을 응시한 렌즈가 순식간에 피사체를 빨아들인다

오월, 바람에 뒤젖히던
붉은 장미가 담벼락에 꿈틀거린다

분화구처럼 토해내던 외침

새카만 총구 앞에 휘청이다
기우뚱거리다

쏟아내던 천둥 번개가 뜨겁던 초록 심장에 박혀 흑백 속으로 사라진다

최후의 박동 소리

젊은 주검 앞에 지난 전갈은 끝끝내 도착 못 한 채
무수한 질문만 묻고 또 묻고

검은 눈동자

침묵하던 눈빛이 고요히 수평으로 쓰러진다

거울 앞에 낯선 나의 눈빛

밤새 긴 잠수를 끝낸 연어의 몸짓은
마지막 꿈을 잉태하려는 생각의 파문들이 성 성히 사라져간 새벽

동이 트는 거울 앞에 한 줄기 푸른 햇살이 흩어져 눈부시다

무언가 간절해지는 순간
태어나고 사라지는 눈썹 위로 가만히 얹히는 온기

고독의 바깥

그해 마지막 길고 긴 봄의
뒤안길

연등

허기진 마음 디딜 곳 없어
이끼 무성한 돌담 위, 시선 저만치
조아림 듯 독경소리에 그만 마음만 부풀다 바스러지네

내 쓸모 모르는 채

불상 아래 엎드려 덜어내고 또 내려놓는 사이
어진 바람은 염화미소냐 나지막이 환하게 흘리고 가네

5월 끝쯤
모과 빛 연등 아래

뭍에 오른 목어처럼
무심한 듯

한 생 부리듯
늑골 깊이 새겨진 이름 하나 도려내고 가네

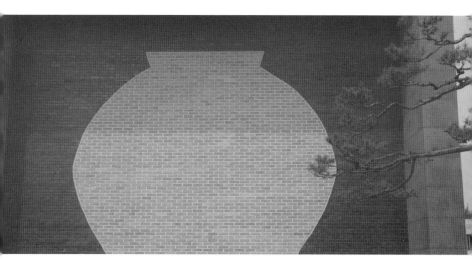

내 기다림의 끝은

첫닭이 홰치는 어둠
먼동 트는 귀산리 들판

오래도록 삭힌 멍 자국처럼 바랜 냄새 가득
한 아름 연기 오른다

까치 하늘 가르는
유월!

시멘트 포장 틈 사이 마른 감정처럼
마디마다 이슬 맺혀있는 마디풀
토닥토닥 다독여 주고

두터워지는 산자락에
수줍듯 고적하게 밀고 내려오는 잿빛 안개

빛바랜 꽃잎인 듯

유월 발아래
청어알처럼 푸른 은행알이 나뒹군다

파동치는 누런 보리
한때 빛났던 흔적

어느 표류하는 나의 영혼이 지느러미 파닥이듯 그곳을 지나고 있다

인생의 배후

튀겨드리고 볶아드립니다

종일토록 거친 확성기 소리가 오지게 허공을 적시는데
시간 안쪽, 깊고도 깊은 딱 그만큼 선한 눈빛 하나로
지난 발자국 없는 억겁 같았던 시간

뻥, 뻥튀기 소리

삼백예순 천식으로 허덕이며 모진 명줄 길게 늘여
부푼 튀밥처럼 곡진히 살아온 삶
한 생 포말처럼 밀며 낡은 화물차 뒤 칸 모서리에 위태로이 걸려 있다

아직은 철 이른 무성한 이끼라며
억지 써보지만
그저, 멀어지는 담배 연기
무심히 바라보는

말간 웃음 피고 지는 어느 시골 오일장
뼈대만 남은 자화상이 서서히 이승 변두리 속으로 사라진다

시산도

생계 저쪽 불멸의 섬 하나

타오름 달 열닷새
달이 붉다

파도와 달빛을 끌어안고, 금시라도
심장 깊숙이 관통할 것만 같은 빨강 등대 하나

텅 빈, 아픔도 기다림으로 맞아주는 섬
수호신처럼 우뚝 선 잘박한 바위에 새겨진
흘림체의 시산도가 시 한 수를 담고 있다

허기진 발걸음 잠시 멈추고
입속 가득 푸른 바다를 한 모금 축여 본다

아!
마셔도 마셔도 취하지 않는 짙푸른 빛깔

족속의 몸에서 풍기는 억센 비린내가 묵은 세월의 흔적을 감춘다